Un regalo bien envuelto

Escrito por Thera S. Callahan
Ilustrado por Mike Gordon

Children's Press®
Una división de Scholastic Inc.
Nueva York Toronto Londres Auckland Sydney
Ciudad de México Nueva Delhi Hong Kong
Danbury, Connecticut

Para Katie and Claire
—T.S.C.

Especialistas de la lectura

Linda Cornwell
Especialista en alfabetización

Katharine A. Kane
Especialista en educación
(Jubilada de la Oficina de Educación del Condado de San Diego, California, y de la Universidad Estatal de San Diego)

Traductora
Isabel Mendoza

Información de Publicación de la Biblioteca del Congreso de los EE.UU.
Callahan, Thera S.
[All wrapped up. Spanish]
Un regalo bien envuelto / escrito por Thera S. Callahan ; ilustrado por Mike Gordon.
p. cm. — (Rookie español)
Resumen: Cuando a unos hermanitos se les acaba la cinta de pegar, intentan envolver el regalo de cumpleaños de su papá, usando varias sustancias pegajosas para pegar el papel.
ISBN 0-516-25885-0 (lib. bdg.) 0-516-24612-7 (pbk.)
[1. Regalos—Ficción. 2. Hermanos—Ficción. 3. Humor
I. Gordon, Mike, il. II. Título. III. Series.
PZ73.C288 2003
2003000017

1 2 3 4 5 6 7 8 9 10 R 12 11 10 09 08 07 06 05 04 03

Es el cumpleaños de papá.

Tenemos su regalo,
pero no la cinta de pegar.

Podríamos usar barritas
de goma gomosa,

8

o pasta de azúcar
esponjosa,

9

o curitas chiquititas,

o sirope resbaloso,

o goma de mascar
pegajosa,

o malvaviscos
despachurrados,

o miel derretida,

o estampillas pegadizas,

21

o melcochas
empalagosas,

o gelatina temblorosa.

¿Qué pegará mejor?
No sabíamos con certeza.

Así que usamos un poco de esto y un poco de lo otro.

Y el papel pudimos pegar.

Lista de palabras (55 palabras)

así	goma	pero
azúcar	gomosa	poco
barritas	la	podríamos
cinta	lo	pudimos
certeza	malvaviscos	que
con	mascar	qué
cumpleaños	mejor	regalo
curitas	melcochas	resbaloso
chiquititas	miel	sabíamos
de	no	sirope
derretida	o	su
despachurrados	otro	temblorosa
el	papá	tenemos
empalagosas	papel	un
es	pasta	usamos
esponjosa	pegadizas	usar
estampillas	pegajosa	y
esto	pegar	
gelatina	pegará	

Sobre la autora

Thera S. Callahan vive con su familia en Filadelfia, Pensilvania. A sus hijas, Katie y Claire, les encanta hacer artesanías, y con frecuencia usan mucha cinta de pegar. A veces se les acaba. Sus aventuras en busca de otras sustancias adhesivas sirvió de inspiración para este libro. Thera también escribió *Sara Joins the Circus* de la serie *Rookie Reader*.

Sobre el ilustrador

Mike Gordon vive en la soleada Santa Bárbara, California, en donde pasa sus días ilustrando libros divertidos y tarjetas de felicitaciones, y comiendo galletas con trocitos de chocolate junto a sus dos hijos, Kim y Jay. Carl Gordon vive en Inglaterra. Con la ayuda de una computadora, coloreó las ilustraciones que Mike hizo para este libro.